Kein Kuss, bevor du 20 bist

Nonoko

1

Kein Kuss, bevor du 20 bist

1

Nonoko

INHALT

Kapitel 1

Tapioka und Schulden, ein reicher
Geschäftsmann und Tokyo
... 5

Kapitel 2

Kartoffeln sind voller Kohlenhydrate.
Liebe beginnt mit einem Sugardaddy ...?
... 49

Kapitel 3

Im Stolz eines Mannes von Minato gibt
es für die Anrede »Papa« keinen Platz
... 89

Kapitel 4

Was sind das für »Optionen«?!
... 129

Kapitel 1

Tapioka und
Schulden, ein reicher
Geschäftsmann
und Tokyo

Vielen Dank, dass ihr Band 1 von *Kein Kuss bevor du 20 bist* in die Hand genommen habt!! ᐛ

Endlich … Endlich … befindet sich auf einem meiner Manga eine Bandnummer!!

Es ist schon eine ganze Weile her, dass ich Mangaka geworden bin, aber aufgrund von Geldknappheit hatte ich bisher noch nie die Gelegenheit, eine lange Serie zu zeichnen. Ich habe oft darüber nachgedacht aufzugeben, eine Ausbildung anzufangen und ein abgesichertes Leben zu führen. Jedes Mal, wenn ich bei einem Manga-Wettbewerb verloren habe, habe ich mir einen Strong Zero* geschnappt und bin vor der Realität geflüchtet.

Ich hatte so einige Schwierigkeiten, lol, aber ich bin froh, dass ich weiter an diesem Manga gearbeitet habe. ✧◇

Nun wünsche ich euch viel Freude beim Lesen! ♪

*Alkopop mit Zitronengeschmack

Vielen Dank!!

Die Leute in Tokyo sind so freundlich ....!

Ich habe vor einer Woche mein Elternhaus tief in den Bergen von Nagano verlassen, um in Tokyo zu studieren.

Ich heiße Nanase Kohinata (18).

ZITTER

Ta...

Tapi...
Tapi...
Tapi...

ZITTER

Den Tapiokaladen* mit der riesigen Warteschlange?

Ahhh!

Der ist direkt da drüben. Ich zeig dir gerne den Weg.

Eh!

* Tapioka wird aus der Maniokwurzel gewonnen. Es handelt sich um eine geschmacksneutrale Stärke, die sowohl bei süßen als auch bei deftigen Speisen eingesetzt wird.

Ganz bestimmt.

... aber alles, was man auf dem Land nicht finden kann ...

... findet man bestimmt in Tokyo.

So etwas wie einen großen Traum habe ich nicht ...

Aber in Wirklichkeit bin ich hergekommen ...

... um hier »etwas« zu finden.

KLICK

Aber zuvor!!

Auf dem Land gab es nämlich nichts Interessantes zum Posten.

Das ist mein Insta-Account

Waaah!

Das tut sooo gut!

Tapioka!! Ich habe schon immer davon geträumt, so ein Bild auf meinem Account hochzuladen ...!!

Huch, jetzt sofort?

*24-Stunden-Supermarkt. In Japan gibt es viele verschiedene Ketten. In ländlicheren Gegenden findet man für gewöhnlich aber nur eine einzige.

... findest du Tokyo wirklich so toll?

Ich ... lebe jetzt schon seit über zehn Jahren hier und habe mich wohl so ziemlich an alles gewöhnt, aber ...

KLICK

Ähm, machst du davon ein Foto?

Außer dem Daily Yaozaki habe ich noch nie einen anderen Konbini* gesehen!

Ein Faoly Mart!!

Ah!!

Ja!

Ich wollte schon immer in diese funkelnde Stadt!...

... und das hier fühlt sich wie ein Traum an!

Das ist ein »Glücksarmband«! ♡

Onee-san*, dein Armband ...

... ist wunderschön!

Ver-stehe ...

LÄCHEL

Ah.

Dieses?

KLIMPER

Glück?

?

PLAPPER

Auf Insta ist das gerade voll im Trend. Wusstest du das nicht?

Es ist ein ganz besonderes Armband. Trägt man es, ist es, als würde einem das Glück wie von ganz allein zufliegen.

PLAPPER

PLAPPER

Die Influencer in Tokyo lachen einen aus, wenn man so eins nicht hat. Das ist ein absolutes Must-have!

Must-have?

Influencer?

*Anrede für eine ältere Schwester. Hier drückt es eine emotionale Verbindung zu einer geringfügig älteren Frau aus.

10

Letzten
Endes ...

»Du kannst es für nur 500.000 Yen* haben.«

... haben meine Ersparnisse für meinen Start in Tokyo nicht ausgereicht ...

... und ich habe mir von Onee-san 300.000 Yen geliehen und mit ihr ausgemacht, dass ich ihr jeden Monat 10.000 zurückzahle.

Sollten mir ...

... in Tokyo harte Zeiten bevorstehen ...

... kann ich auf die Macht dieses Armbands vertrauen.

»Man spürt direkt die tollen Vibes, wenn man es anlegt, oder?«

*ca. 3.600 €

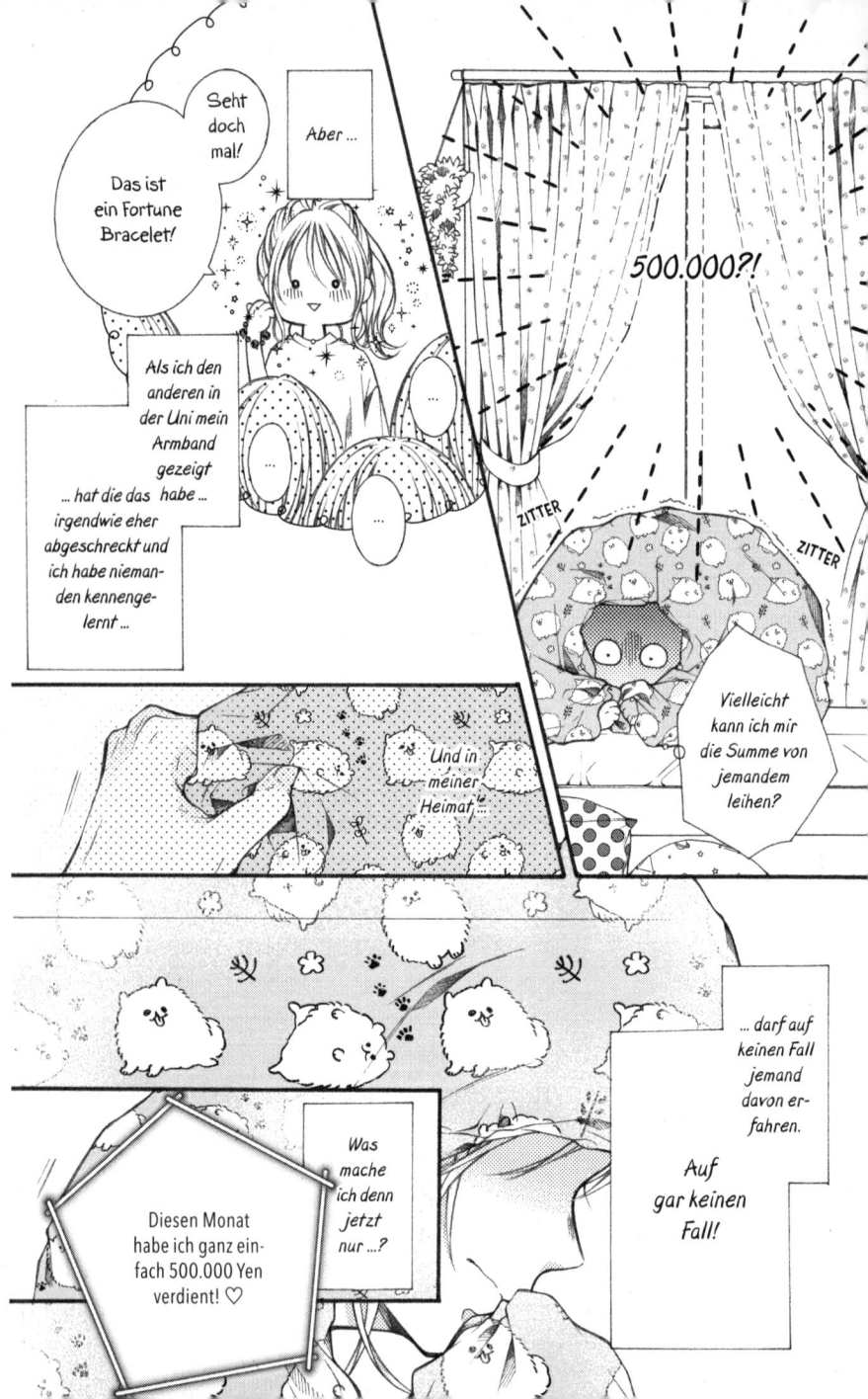

Seht doch mal!

Das ist ein Fortune Bracelet!

Aber ...

Als ich den anderen in der Uni mein Armband gezeigt ... hat die das habe ... irgendwie eher abgeschreckt und ich habe niemanden kennengelernt ...

...

...

500.000?!

ZITTER

ZITTER

Vielleicht kann ich mir die Summe von jemandem leihen?

Und in meiner Heimat ...

... darf auf keinen Fall jemand davon erfahren.

Auf gar keinen Fall!

Diesen Monat habe ich ganz einfach 500.000 Yen verdient! ♡

Was mache ich denn jetzt nur ...?

Ein erwachsener Mann hat mich zum Essen eingeladen, hat mir ein Geschenk gekauft und Taschengeld habe ich natürlich auch bekommen!

Das Geschenk habe ich dann sofort online verkauft ... Kicher ...

Ehrlich gesagt kommt mir ein normaler Job mittlerweile total dämlich vor!

Als Sugarbaby* lebt man am besten!

Sugarbaby?

*In Japan fängt Sugardating bereits bei Dingen wie »gemeinsam zu essen« und »Händchen halten« an und steht nicht unbedingt mit sexuellen Aktivitäten in Verbindung.

Wahnsinn.

In Tokyo gibt es sogar solche Nebenjobs.

Aber ... das sind doch bestimmt alles Perverse, oder?

Nein, nein.

Ah!

Kein Grund zur Sorge, was Unanständiges passiert da nicht ... Kicher.

Kann ich das vielleicht auch ...?!

?!

*höfliche, geschlechtsunabhängige Anrede

Naja, er ist mit seiner Arbeit vollkommen ausgelastet ...

Für Hausarbeit hat er keine Zeit ...

Shimazaki-san?...

TAPP

HACH

... sucht eine Haushaltshilfe?

Ahh ...
Ich glaub, ich habe ein bisschen zu viel getrunken ...

Wie wäre es denn ...

... mit mir?

GWIPP

Hey ...

Statt einer Haushaltshilfe solltest du dir lieber ...

...

... eine Freundin suchen.

Verdammter Shimazaki ...!!

Ich hätte dem Kerl eine knallen sollen!!

Wenn du so was machst ... feuern die uns noch alle ... Kicher ...

Dieses verdammte Arschloch!!

Aber!!

Ich hab dir doch gesagt, dass Shimazaki bisher alle Versuche geblockt hat.

Er war auf der Todai!**

Er sieht aus wie ein Model!

Er wohnt in einem Apartment in einem Riesenhochhaus in Minato!**

Und mit gerade mal 26 Jahren gilt er bereits als einer der Besten in einer erstklassigen Werbeagentur! Der verdient über 10.000.000 Yen*** im Jahr!

Bei jemanden mit so einem Profil ...

... muss man als Frau doch wenigstens einmal sein Glück versuchen?!

*Tokyo University, eine Elite-Universität **eines der teuersten Viertel Tokyos ***ca. 80.000 €

Na ja ...

... bedeutet das vielleicht, dass er sich außerhalb seiner Arbeitszeit nicht mit Leuten umgeben möchte?!

... wenn er keine Freundin, sondern eine Haushaltshilfe sucht ...

Und ...

Das klingt ja alles ganz nett, aber mit so einem kalten Typen würde ich nichts anfangen.

Haushaltshilfe Preisübersicht

Tägliche Arbeitszeit

3 Stunden

Einzelpreis

4 Stunden

1.300

Shimazaki ist schon irgendwie ...

... düster ...

Guten Tag.

Ich bin Ihr Sugarbaby Nanase Kohinata.

PRUST

Ich sitze an der Hotelbar und genieße gerade einen Tequila. *lol*

Sie sind Kurose-san, oder?

Sugar... baby?

Su...

Tch, als ob irgend- jemand ...

Im Sumo bin ich gut!

PLOCK

... auf so ein Geschwätz hereinfallen würde.

PFFF

Wollen wir dann mal los?

Ja!

Pffft, echt jetzt?! (lach)

Was bist du denn für ein dusse... gutes Mädchen?! Ich helf dir! (lach)

Ich weiß zwar nicht, wie sehr ich mit einem Mann als Geg- ner mithalten kann ...

... aber ich werde mein Bestes geben. Ich gehe bis an die Gren- zen meiner Kräfte!

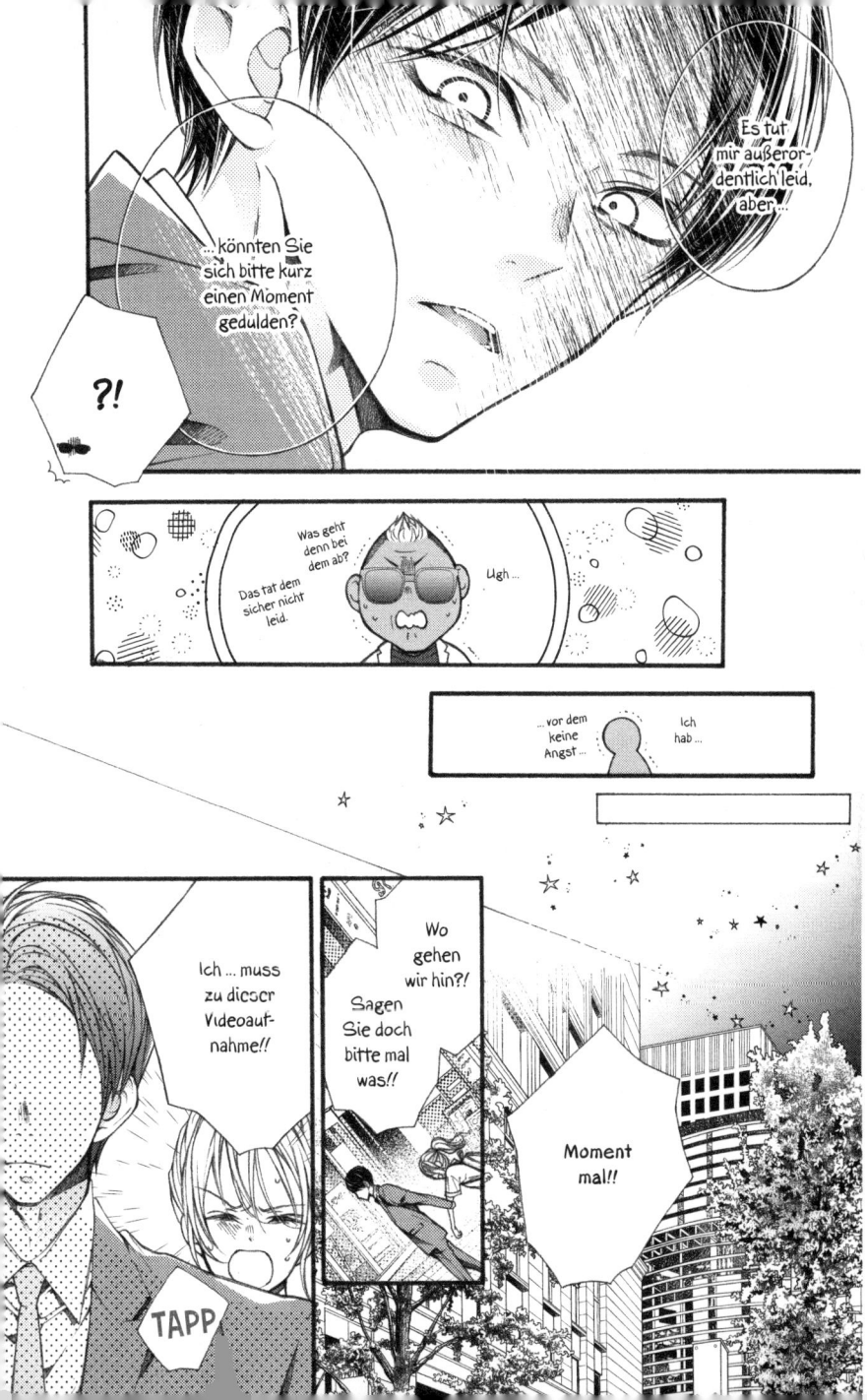

KLAPPER

KLAPPER

KLAPPER

SUSHI

SUSHI

Nein, danke. Ich nehme gerade möglichst wenig Kohlenhydrate zu mir.

Rede nicht, während du isst.

SCHMATZ

SCHMATZ

"Holst du dir denn keine Nudelsuppe für dich selbst?

Hwolst dwu dwir dwenn keine Nwudelswuppe fwür dwich swelbst?!*

Und außerdem ...

... ist das das erste Mal, dass ich in Tokyo zusammen mit jemandem esse.

Ich bin so glücklich ...

Bei uns auf dem Land gibt es solche Restaurants nicht.

Aber es war so lecker ...

In Minato geboren und aufgewachsen

War das ... in Japan?

GRRRR

Ngu!

REIB
REIB

REIB

Verdammt noch mal! Schling doch nicht alles so schnell runter!

Und kau gefälligst!!

HUST

HUST

Gyudon 680 Yen

... dass ich
fast anfange
zu weinen!

...

Was für
ein einfaches
Mädchen.

SCHNARCH

SCHNARCH SCHNARCH

SCHNARCH

SCHNARCH

Echt
jetzt?!

Wo bin
ich?

Mh ...?

In Tokyo
gibt es so was
also doch ...

Nein.

In meinem
Einzimmer-
apartment?

Einen
schönen,
warmen und
gemütlichen
Ort.

Hier ...

... ist es
so schön
warm.

Im Stadt-
park?

Entschuldigung ...

Hier ...

...

Genau ... Shimazaki hat ...

Der Herr, mit dem Sie hergekommen sind, hat die Rechnung übernommen und ist dann gegangen.

Wenn Sie möchten, können Sie also nach Hause gehen.

Der hat ganz lieb meine Nudeln bezahlt.

Eh?!

»Kümmert mich nicht.«

»Was für ein einfaches Mädchen.«

Ehrlich gesagt...

...! kann ich mich zwar hauptsächlich nur an seine wüsten Worte und sein grobes Verhalten erinnern, aber ...

»Du gehst mir auf die Nerven!«

... Shimazaki ist in Wirklichkeit!...

Eine unbekannte Nummer.

?

Später erinnern

Nachricht

Auflegen

VRRRR VRRRR VRRRR

Okay ...

In Konferenzraum 2 wartet ein Kunde auf Sie. ♡

Ist da Shimazaki-san?!

Hallo.

Als ich hier ankam, stand da mitten im Raum ...

Heute ist mein erster Arbeitstag in meinem neuen Nebenjob ... und ich bin gerade an einem Ort in Shibuya, der »Happy Create« heißt.

Ich ...

Was ist? Hast du das Geld für die Nudeln?

Diese Stimme ... Du?

... ein großes Bett ...

Ist das vielleicht ... ähm, wie hieß das noch mal ...?

Ähm ...

... und ein halbnackter fetter alter Typ ...!

... und ein Kamera-mann ...

...

Habe ich mich da falsch erinnert ...?

... habe ich mich daran erinnert, dass Sie gesagt haben ...

...

Das hast du dir nur eingebildet.

... »Wenn du in Schwierigkeiten gerätst, kannst du dich bei mir melden.«

VRRR
VRRR
VRRR
VRRR

Mist.

Anruf abgebrochen.

Vertrau Leuten nicht so schnell.

In dieser Gesellschaft ist fast jeder ein Arschloch.

BLIP

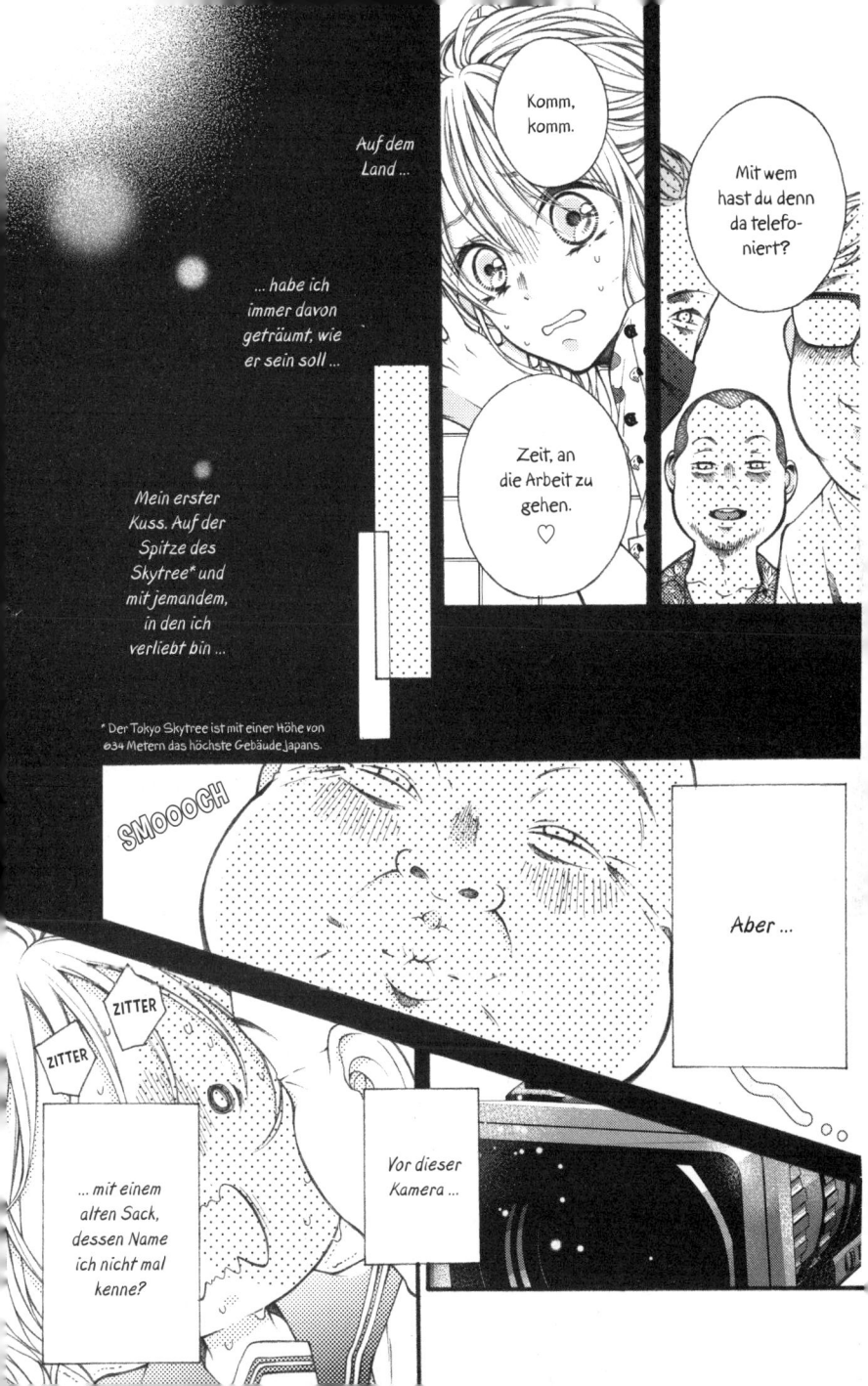

Ich bin ...

... Anwalt. Mein Name ist Sato.

... und habe vorhin per Telefon ein Hilfegesuch erhalten ...

Ich wurde als Anwalt für die persönlichen Belange der Tochter des Firmenpräsidenten angestellt ...

Was Frau Nanase Kohinata angeht ...

Shimazaki-san?!

... was mich hierher bringt.

TOCHTER DES FIRMENPRÄSIDENTEN?!

Nein. Mein Name ist Sato.

... werden wir von unserer Seite aus keinerlei Untersuchungen einleiten.

LÄCHEL

Sollten Sie diese Dame hier und jetzt in meine Obhut übergeben und den Vertrag aufkündigen ...

Puh ...

... bin ich gezwungen, ein Gespräch mit dem Vater der Dame zu führen. Und wir würden das Recht und Gesetz umfänglich nutzen, um die Wahrheit über Ihre Firma offenzulegen und ans Tageslicht zu zerren ...

... meiner Bitte Folge zu leisten ...

Sollten Sie sich allerdings weigern ...

Je.. Jetzt lächelt er nicht mehr//

HOCHVERGNÜGT

Ich bin überaus erfreut, dass wir uns einigen konnten.

Hier, die können Sie zurückhaben!

44

Ich möchte mich irgendwie irgendwann dafür erkenntlich ...

Ganz, ganz vielen Dank!!

Lass gut sein.

Ich weiß ganz genau, was für ein Mensch du bist.

Vielen, vielen Dank!!

Tu... Tut mir leid.

Ah ...

*ca. 9 €

1.300 Yen* pro Stunde.

ZUCK

Der hat die Schnauze total voll ...

Verständlich.
Ich bin Shimazaki schon so dermaßen auf die Nerven gegangen ...

Ist ja kein Wunder, dass er mich nicht ausstehen kann ...

Der Job umfasst ... putzen, ... Wäsche waschen und allgemeine Hausarbeit.

Ablauf ist wie folgt: Nach den Vorlesungen an der Uni kommst du vorbei und um 20 Uhr ist deine Schicht zu Ende.

Das Gehalt wird am Monatsende in bar ausbezahlt.

Ich habe zwei Bedingungen.

Erstens: Lass dich nicht mehr mit komischen Leuten ein.

Und zweitens: Verletze unter keinen Umständen meine Privatsphäre.

Wenn du mit diesen Bedingungen einverstanden bist ...

Nanase

Mein Vorbild für die Hauptfigur Nanase bin ich selbst. (lol)

Ich bin ebenfalls mit 18 Jahren von Nagano nach Tokyo gezogen. Und als ich in Shibuya ganz aufgeregt aus dem Zug stieg, wurde ich sofort von einer wunderschönen unbekannten Frau angesprochen, die versucht hat, mir ein Delfingemälde anzudrehen. ☺

Das Bild war teuer, deshalb habe ich dankend abgelehnt. Aber ich bin auch danach noch ständig von Leuten angesprochen worden und habe mir an dem Tag schließlich von jemandem irgendeine Karte aufschwatzen lassen. Anschließend bin ich nach Hause gefahren. Wahrscheinlich haftete an mir der Landluftduft … ⋛-⋚

Und gerade weil ich selbst diese Erfahrung gemacht habe, möchte ich, wenn ich einen süßen schüchternen Teenager vom Land in seiner Schuluniform vor einem Starbucks stehen sehe, diesen einfach nur umarmen und knuddeln. (lol)

Als ich das erste Mal in Tokyo in einen Starbucks gegangen bin (in so einen, bei dem man zuerst seine Sachen entgegennimmt und danach bezahlt) und den Laden verlassen habe, ohne zu bezahlen, hat mich einer der Mitarbeiter am Arm festgehalten … An den Schock erinnere ich mich selbst heute noch … ◇◇

Shimazaki

Er ist mein erster Held in der Form eines Angestellten. ◇◇

Er ist … so einfach zu zeichnen … ⋈

Er ist auch mein erster Charakter mit so einem stechenden Blick, aber …

Er … Er ist einfach so leicht zu zeichnen!! ⋈

Mein Redakteur meinte beiläufig zu mir: ≫Nonoko, dieser Shimazaki ist schon voll dein Typ, oder?≪

Als ich nach Tokyo gezogen bin, war ich genauso jung und unschuldig wie Nanase, aber im Laufe der Zeit bin auch ich zu einem ordentlichen, verdorbenen Erwachsenen geworden. ◇◇

Kapitel 2
Kartoffeln sind voller Kohlenhydrate. Liebe beginnt mit einem Sugardaddy …?

»Dann werde ich dein Daddy.«

Kein Kuss, bevor du 20 bist

PFF

PFF
PRR
PRR

Warum krieg ich mich kaum ein ...?

Ich könnte es dann aufnehmen und mir angucken, wenn ich einen Lacher brauche.

Bekomm ich ihn dazu, das noch mal zu sagen?

Wa...

... etwas so überhaupt nicht Ernstes gesagt ...

Shimazaki-san hat mit einem superernsten Gesicht ...

Oh Mann ...

Mahlzeiten sind übrigens als Bonus inbegriffen.

Wirklich?!

Wollte ich erst sagen ...

... aber wenn du weiter rumblödelst, streich ich das!

Rache →

?!

Ich stelle dich gesetzlich bei mir an! Das heißt, dass ich für dich verantwortlich bin!

Für dich ist das eine sichere Methode, Geld zu verdienen!

Das ist nicht das, was man allgemein als »Sugardating« bezeichnet!

Aber eins sag ich dir!

Morgen ist Sonntag, das trifft sich gut. Komm bei mir vorbei.

Dann werde ich dir die Details des Jobs erklären.

Meine Adresse texte ich dir später.

Ja!!

Ich blödle ganz und gar nicht herum!

PLING

Dein Gesicht finde ich gerade etwas irritierend.

Ach, egal.

Juhu!!

Das hat da so toll geschmeckt ...

... gemeinsam mit Shimazaki-san essen kann ...

Und wenn ich so auch noch im Nudelrestaurant ...

Damit muss ich mir jetzt ums Essen keine Sorgen mehr machen!

...

Und dass ich dafür sogar noch bezahlt werde ...

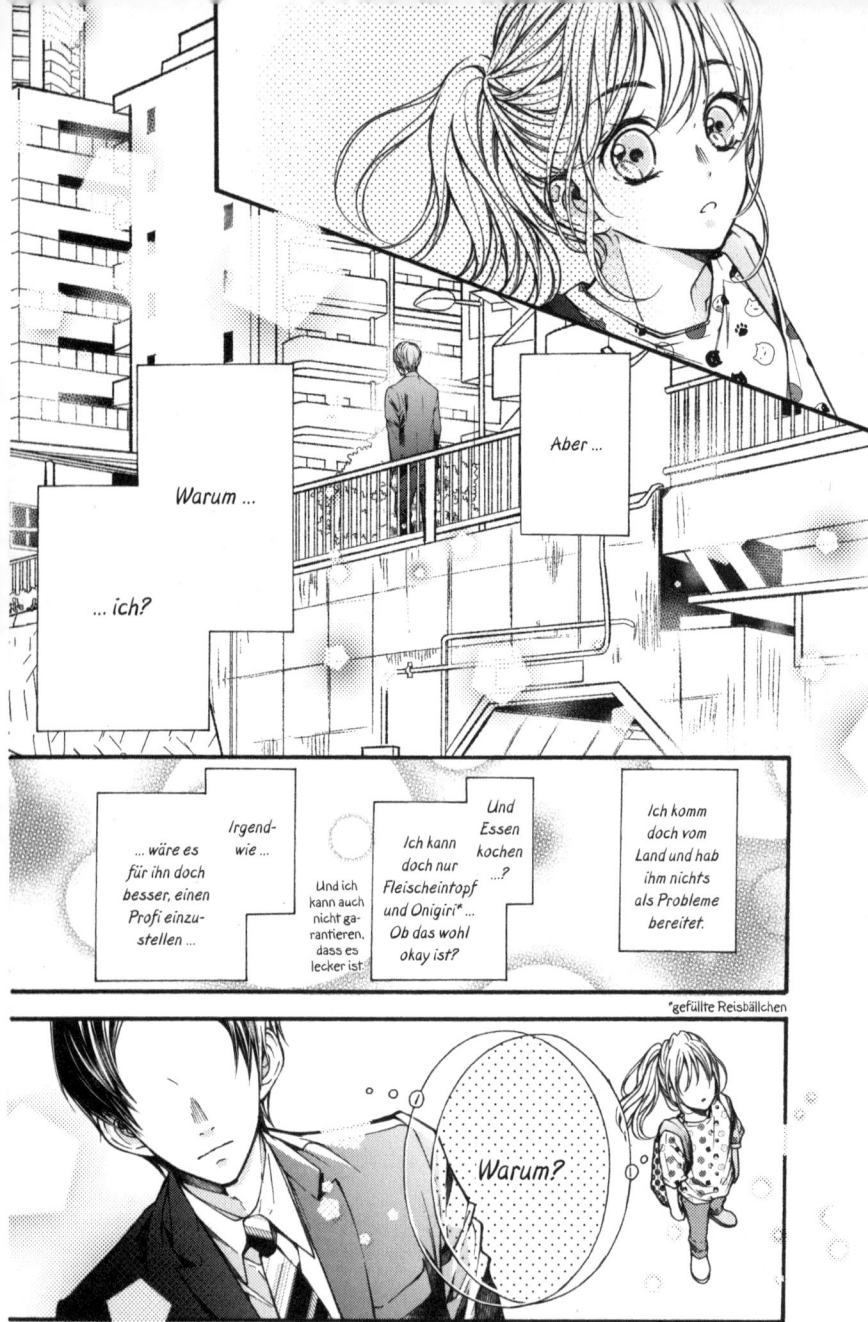

Warum ...

... ich?

Aber ...

... wäre es für ihn doch besser, einen Profi einzustellen ...

Irgendwie ...

Und ich kann auch nicht garantieren, dass es lecker ist!

Ich kann doch nur Fleischeintopf und Onigiri* ... Ob das wohl okay ist?

Und Essen kochen ...?

Ich komm doch vom Land und hab ihm nichts als Probleme bereitet.

*gefüllte Reisbällchen

Warum?

54

Bereut seine Entscheidung nach einer Sekunde

...

Warum habe ich so einen Dummkopf angeheuert ...?

Bin ich noch bei Trost?!

Das ist so klar wie das tägliche Strahlen der Sonne am Himmel.

Ihre Talente im Haushalt sind wahrscheinlich katastrophal.

... aber eine Anstellung? Ist das zu übertrieben?

Ich weiß zwar nicht, was die getan hätte, wenn ich sie allein gelassen hätte ...

Seltenes Tier

SHIMAZAKI-SAAAAAN!

SHIMAZAKI-SAAAAN!

↑ Tierlaute

Vielleicht liegt das daran ...

SCHAUDER

...

STARR

Aquarium

Zoo

Wo kommt der auf einmal her?

Wenn ich zurückdenke, haben sich schon seit meiner Kindheit ...

... immer die merkwürdigsten Lebewesen von mir angezogen gefühlt.

GRAPP

Das hat der ...

... ganz sicher nur gemacht, um mir zu helfen ...

... oder?

Ich werde mein Bestes geben.

Für Shimazaki-san.

...

Hat zum Bezahlen ihrer Lebenshaltungskosten ihren ganzen Hausrat verkauft

Nutzlos!!

GRAAH

Vorstellung

Ah!

Für ...

... Shimazaki... san ...

Ich hätte mir denken können, dass du wertlos bist.

Für Shima-zaki-san ...

Staub ↓

Hey.

Was ist das hier?

...

»Dann werde ich dein Daddy.«

... keine Schwäche ...

... und gibt sich distanziert, aber ...

Im Anzug zeigt Shimazaki-san ...

Hast du Frühstück gegessen?

Heute sieht er ...

Ich hab's getrunken ...

Grünes Mischmasch.

Grüner Smoothie

... wie ein Student aus ...

!

Das da ... ist das größte Zimmer.

Wohnzimmer

... so wortkarg, weil er gerade erst aufgestanden ist?

Ist er ...

60

Ach ja!

Ganz und gar nicht!

In einem normalen Zimmer ist in den Ecken Staub!

Bitte sag mir, was dein Lieblingsessen ist!

Und auf dem Fußboden klebt irgendwo Reis ...

... der wehtut, wenn man barfuß drauftritt.

Ich werde lernen, wie man es zubereitet!

Eh?

Nicht nötig.

Warum hab ich mich auf so jemanden eingelassen ...?

Jeden Tag dasselbe?!

Ich ...

... esse mittags meistens außerhalb. Neben Lunchmeetings finden abends auch häufig Geschäftsessen statt.

Für Mahlzeiten im Haus bevorzuge ich daher Gerichte, deren Nährstoffe die Mahlzeiten außer Haus ergänzen.

PLOPP

Deshalb esse ich jeden Tag dasselbe.

Korrekt.

Etwas anderes esse ich ansonsten nicht.

Wenn du das essen möchtest, dann mach das ruhig.

Wirklich?!

WAAAAAH!

Solange du im Budget bleibst, kannst du zu dir nehmen, was du willst.

Aber ...

... wenn wir gemeinsam essen, wäre es doch besser, wenn wir dieselbe Mahlzeit hätten ...

Shimazaki-san, isst du denn gar keinen Reis?!

Generell nicht.

Ich nehme möglichst wenig Kohlenhydrate zu mir.

Ist nicht wahr?!

NIEDRIGES SELBSTBE-WUSSTSEIN

...

= =

Ich ...

... liebe Reis doch so sehr, dass ich zu gebratenem Reis noch weißen Reis als Beilage esse ...

Wir essen getrennt.

Also dann getrennt ...

Unter der Woche verlasse ich die Firma ...

... in der Regel gegen 23 Uhr.

Wie zuvor, als wir ...

... die Nudeln gegessen haben ...

Ich hatte ganz selbstverständlich angenommen ...

...

Da du die Wohnung um 20 Uhr verlässt ...

»Und außerdem ist das das erste Mal, dass ich in Tokyo zusammen mit jemandem esse.«

... dass wir gemeinsam essen würden.

... ist die Einnahme einer gemeinsamen Mahlzeit unmöglich.

»Ich bin so glücklich ...

... dass ich fast anfange zu weinen!«

... und deshalb schmeckt es mir auch.

... daher muss ich mir deswegen auch nie Gedanken um andere machen ...

Ich habe schon immer alleine gegessen ...

Nicht wirklich.

...

... alleine?

Schon immer ...

Seit wa...

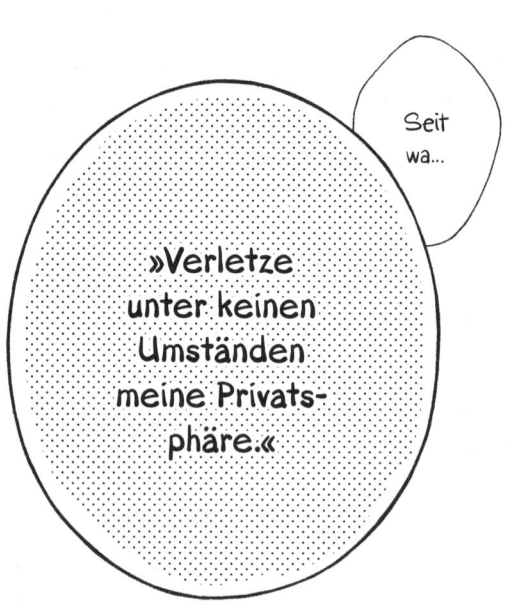

»Verletze unter keinen Umständen meine Privatsphäre.«

»Heute bin ich ihm vielleicht ein bisschen nähergekommen.«

...

Innerhalb eines Augenblicks ...

Verstanden ...

... löste sich diese Annahme in Luft auf.

Nur weil man was zubereitet ...

Was für Gerichte essen Angestellte denn überhaupt gerne?

... bedeutet das nicht automatisch, dass jemand das auch isst.

... kann es nicht gesund sein ...

...

... jeden Tag dasselbe zu essen.

Jeden-falls ...

Kohinata-san.

Lieblingsessen von Büroangestellten

12:00

Hmm ...

*Fleischrollen

Irgend-wie ... ...fühle ich mich hier überhaupt nicht wohl ...

Die Haut...

... von unter 20-jährigen ist einfach wunderschön.

STREICH

SCHAUDER

Ganz anders als die der Frauen in ihren Zwanzigern. Bis unter die Ohren zugepudert ...
Aha ha!

!!

Ich will nach Hause!!

Mit 26 kann man da nichts machen ...

Bin wohl echt alt geworden, ha ha ...

Dass junge Frauen in meinen Augen so schön aussehen ...

!

»Wir treffen uns heute mit Angestellten zum Essen. Kohinata-san, komm mit!«

Für das »Uni-Niku« ...

... verwenden die hier das allerfeinste Rindfleisch, das ist echt das Beste. Probiert doch auch mal?

Waaah! So was esse ich zum ersten Mal! ♡

Wir bezahlen euer Taxi für die Heimfahrt. Wollen wir bis früh morgens einen draufmachen?

Jaaaaa! ♡

...

GRAPP.

Was ist denn so das Lieblingsessen von einem 26-jährigen Mann?

Ähm!

Der ist im gleichen Alter wie Shimazaki-san!!

Essen?

Den frag ich jetzt!

Ah!

Das krieg ich selbst ich hin!

Also doch Fleischein-topf!

Männer haben zwar einen soliden Körperbau, sind in Wirklichkeit aber schwach, ha ha ...

Mh, Fleisch, denke ich.

... es etwa auf mich abge-sehen?

Hast du ...

PLAPPER

PLAPPER

ZITTER

Nein ...

SCHWATZ

ZITTER

?!

ZITTER

ZITTER

ZITTER

Aufgepasst! Bei Männern, die sich selbst Berater nennen ...

Tu dir selbst einen Gefallen und mach um die einen großen Bogen!!

... und ein Heimkino in einer Einzelwohnung haben, sollten bei dir alle Warnleuchten angehen!!

Hah?!

Shimazakis persönliche Meinung

Merk dir das!!

Typen, die ständig hinter Frauen her sind, verwenden größtenteils drei Köder ...

GRRR

GRRR

Ja ...

Jawohl ...!!

Wer ist dieser hübsche Mann?!

... um Frauen in ihre Wohnung zu locken.

»Heimkino«

...

»süße kleine Pudel« ...

Ist das vielleicht der von Kohinata-san?!

... »einen guten Wein, den ihnen ein Bekannter gegeben hat« ...

Was ist denn mit dem los?

Absolut Shimazakis persönliche Meinung

Juhuuu!!

WAPP

Uh...

Hey!!

Irgendwas ist merkwürdig.

POCH

Wa...

Was ist das ...?

POCH

Ah, Entschuldigung.

Ich hab mich so gefreut ...

POCH

POCH

Hey!

Irgend-
wie ...

Dass ich
mich so
geborgen
fühle ...

... mit
dir fühlt
sich das
total okay
an ...

Als mich
dieser Typ vor-
hin angefasst
hat, war das
super wider-
lich, aber
...

Hör
auf!

... wenn
ich dir nahe-
komme ...

...

... bist
du ...

...wie ein
Papa!

Shimazaki-saaaaan!

Shimazaki-saaaaan!

Wir sehen uns in Band 2 wieder!

Kapitel 3
Im Stolz eines Mannes
von Minato gibt es für
die Anrede »Papa«
keinen Platz

Shimazaki-san ...

20:35 90%

... ist spät dran.

Kein Kuss, bevor du 20 bist

Gestern ...

Ich komme um 20 Uhr nach Hause ...!!

... hat er das zwar gesagt ...

GRAH

... aber warum hat er sich dabei nur so aufgeregt ...?

Heute ...

... esse ich gemeinsam mit Shimazaki-san.

»Wenn es bei dem einen Mal bleibt, können wir von mir aus zusammen essen.«

... dass ich mich früher aus der Uni geschlichen habe.

POCH

POCH

Ich war so aufgeregt ...

Was mach ich nur?

»Die Frikadellen!!

Ich wollte etwas zubereiten, über dass sich Shimazaki-san freut, aber ...

... als ich versucht habe, Kohlrouladen oder Frikadellen zuzubereiten ...

... lief alles schief ...

Die Kohlrouladen!!

BWAMM

TCHOMP

Fleischeintopf ist bestimmt ein Lieblingsessen von Büroangestellten.

Er freut sich ganz sicher darüber ...

Mh ... Ungenießbar ist er nicht ...

... und nur der Fleischeintopf ist mir geglückt!!

PLING

!

Ah! Shimazaki-san!

Vielleicht »Ich komme jetzt nach Hause«?

Stress auf der Arbeit. Ich komme heute nicht heim.

₽:14

Erst hat er die Präsentation für sein ganzes Team gemacht ...

... dann musste er die auch noch erneut präsentieren ...

... und jetzt kam vom Kunden noch eine Anfrage obendrauf, für die die Unterlagen bis morgen fertiggestellt werden müssen.

Ich habe gehört, dass er daher das Ganze quasi noch mal von vorn aufrollen muss.

Ugh ...

Shima-zaki ...

... sitzt grad echt in der Patsche, oder?

Eh ...?

GLOTZ

Muss ziemlich unschön sein, zu so einem Zeitpunkt vor einem leeren Dokument zu sitzen ...

Es ist ein ziemlich großes Projekt ...

Ich habe Shimazaki zuvor noch nie ...

... mit so einem gedankenverlorenen Gesichtsausdruck gesehen ...

...

... und oft geht es mir schon fast auf die Nerven ...

... wie sehr die Frauen mich anstarren.

Ich weiß ...

... dass ich außerordentlich attraktiv bin ...

Zur Sicherheit möchte ich ...

... das noch mal betonen. **Ganz bewusst!**

...

Ich habe vom Dating die Nase voll ...

... und daher seit einem Jahr ganz bewusst keine Freundin ...

Von einer dermaßen unwissenden Hinterwäldlerin ...!!

Schmutzige Mundern

...

»Du bist wie ein Papa!!«

BAMM

BAMM

Aber dass mir so etwas gesagt wird ...

»Du bist wie ein Papa.«

Diese ...

Stress auf der Arbeit. Ich komme heute nicht heim.

Du kannst nach Hafer gehen.

Als ich gesehen habe ...

... dass du im ausgeschlafenen Zustand nicht »nach Hause« sondern »nach Hafer« geschrieben hast, dachte ich mir, dass du wahrscheinlich total erschöpft bist ...

Und deshalb bin ich hergekommen, um dir das hier zu geben.

Das Abendessen, das wir gemeinsam essen wollten!!

?!

Was zum Geier machst du hier ...?!

Wie bist du hier ohne einen Gästeausweis reingekommen?!

Na ja ...

Ho hooo!

Shimazaki-san treibt es ja schon seit jungen Jahren wild, ho ho!

... habe ich ihm einfach gesagt, dass »mein Papa« hier arbeitet.

Am Eingang hat mir der Pförtner gesagt

... dass er »ohne einen Termin nur Familienangehörige« reinlassen darf, also ...

Und ...

Stimmt ja irgendwie auch.

Das ist ...

... meine kleine Schwester Nanase!

Die sehen sich aber kaum ähnlich, oder?

Was für eine Überraschung. ♡

Ehhh!

Shimazaki-san hat eine kleine Schwester?!

Wusste ich gar nicht.

»Nanase«

Ehhh!

Wir sind in der Branche ...

... eine der größten Werbeagenturen, wusstest du das?

Dein großer Bruder arbeitet übrigens ...

... in der »Creative« Abteilung.

Dort werden Werbe- und Marketingkampagnen für vieeele verschiedene berühmte Firmen geplant.

Und die Creative Abteilung ist ...

... in fünf Teams unterteilt.

... hat es in kürzester Zeit geschafft, auf die Position des Creative Directors zu klettern!

Und dein großer Bruder ...

Creative ...

... Director ...?

Ah?

Shimazaki-san ist hier der Einzige, der einen Anzug trägt ...

In dieser Abteilung tragen alle, worauf sie gerade Lust haben.

Deshalb ist es schön, einen Mann im Anzug zu sehen.

Genauuu!

Er macht das, um sich in die richtige Stimmung für seine Arbeit zu bringen!

Diesen Creative Dire... sie im Auge behalten!

Sieh mal, sieh mal! ♡

Shimazaki-san war letzten Monat im HQ-Magazin! ♡

Das Magazin für den Mann, der alles kann.

Ah!

Und ein anderer Werbespot wurde im öffentlichen Busverkehr innerhalb von einer Woche 10.000.000 Mal angezeigt.

Oder diese Smartphone-Werbung im Internet!

Ex-Freundin

Darunter war auch ein Werbespot für einen Lippenstift, der von dem Model Maika-chan präsentiert wurde.

Shimazaki-san hat an berühmten Werbevideos mitgewirkt ...

Wie ist Shimazaki-san denn so privat?

Genie?

Hört alles mit, lässt sich aber nichts anmerken.
↓

Wo wir schon dabei sind ...

... dass er ein absolutes Genie ist, auf das sich sowohl seine Kollegen als auch seine Chefs absolut verlassen können! ♡

Bei Shimazaki-san hat man total das Gefühl ...

...

Gebt der keine Süßigkeiten!!

MAMPF
MAMPF

Guckt nicht

Ja!

Schmeckt es dir?

...

GRR
GRR

Starr mich gefälligst genauso wie die anderen Frauen an!!

Was ist nur mit der los ...?!

Warum ...

... werde ich wegen jemandem wie der eigentlich so wütend ...?

Was für eine liebe Schwester

Fleischeintopf.

Ich bin heute hergekommen, um Onii-chan den zu geben!

Ah!

Was ist das da?

Das war's dann wohl.

Es geht also nicht nur um Reis.

Ach ja!

Shimazaki-san isst gerade möglichst wenig Kohlenhydrate!

Da sind doch aber Kartoffeln drin, oder? Die isst Shimazaki-san nicht.

Eh?!

In der Dining Bar hat er gestern ...

...ja auch hartnäckig die Fritten abgelehnt.

Ganz stoisch.

Dann ...

... bin ich ganz umsonst hergekommen.

Noch nicht fertig?

GUCK

Shimazaki ...

Oh, das sieht übel aus ...

Ich kann gar nichts ...

...

*In Japan fahren die letzten Züge in der Regel gegen Mitternacht.

Das bedeutet ...

... dass wir hier nur stören, oder?

...

...

Auf der Arbeit kann Shimazaki-san ordentlich klotzen, aber ...

... als Mensch sind ihm irgendwie die sozialen Skills abhandengekommen!

Echt jetzt?!

Ich habe gehört, dass er mit all seinen Freundinnen innerhalb eines Monats Schluss gemacht hat.

Das erinnert mich an was.

Ja, schon.

Innere Ruhe.

POCH

POCH

...

1:14

Schon ...

... ein Uhr ...

Na, die Frauen ...

... reduzieren Shimazaki-san letzten Endes nur auf sein Äußeres.

Wo treibt die sich eigentlich rum?

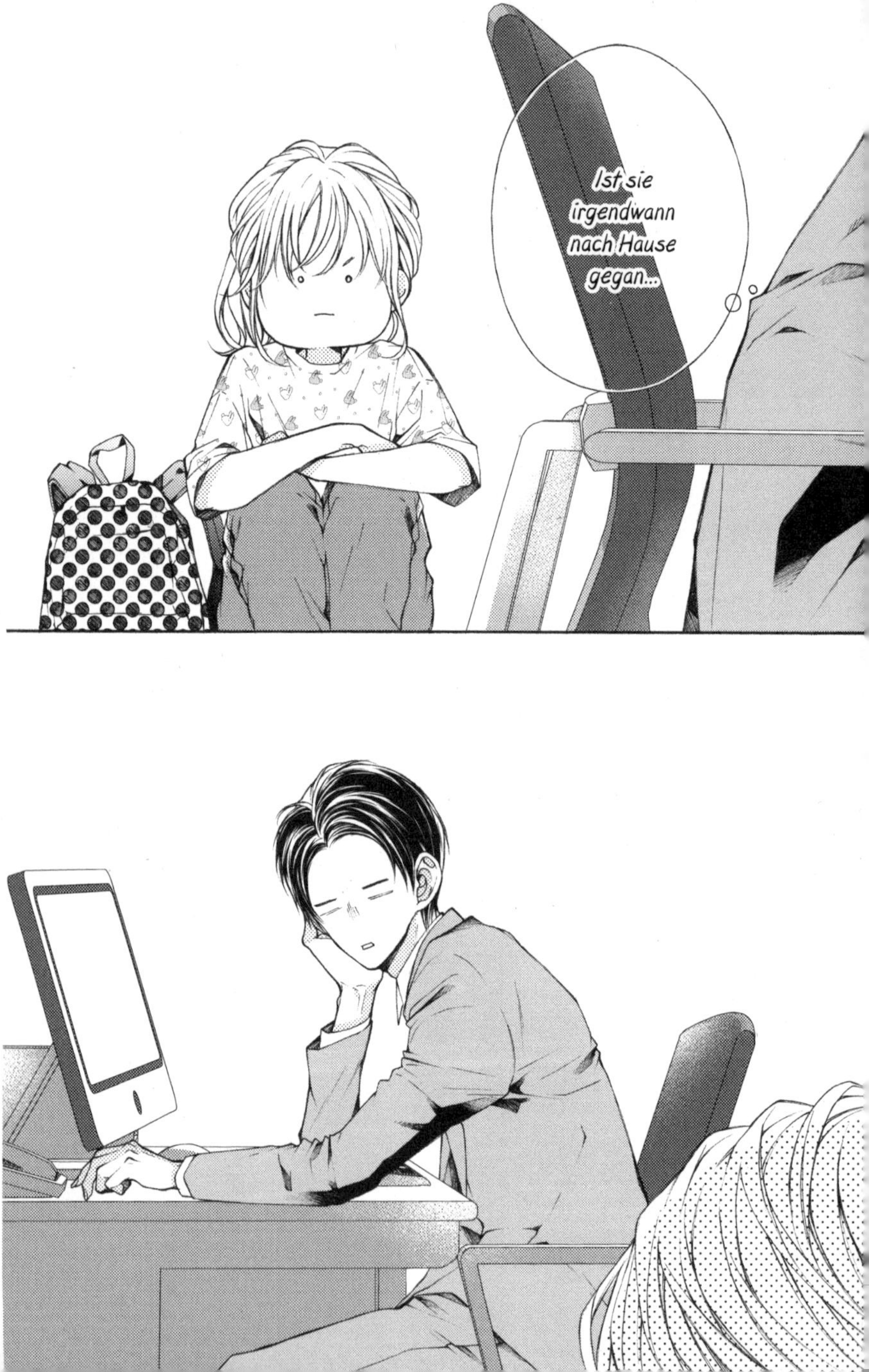
Ist sie irgendwann nach Hause gegan...

114

Bis ich mit der Arbeit fertig bin ...

Das tut weh!

Und geht mir auf die Nerven!!

KRRK

... verlässt du diesen Bereich nicht!!

KRRK

Ja ...

Verstanden?

TACK

TACK

Ich habe dir die ganze Nacht lang von hinten meine Energie gesendet.

Merk-würdiger Druck.

Ah ...

Tatsache, ich hab was gespürt.

Ich bin hungrig ...

Unmöglich, da ein Nickerchen zu machen

Da fällt mir ein ...

Sagtest du nicht, dass du mit einer Liefe-rung hergekom-men wärst.

STARR

Ja ...

!!

Ah, Fleisch-eintopf?

Ver...

Vergiss bitte den Fleisch-eintopf!!

Okay ...

Her damit.

Schlecht war der ...

...jetzt nicht.

Momentan nicht ...

Aber da meine Mutter den Eintopf mochte, habe ich ihn in meiner Kindheit oft zubereitet.

Kochst du das oft?

Juhuu!

Fleischeintopf ist das einzige Gericht, das ich wirklich gut zubereiten kann!

...

Mein Vater ...

... war nicht bei uns ...

... daher hat meine Mutter als Betreiberin eines Ryokans* ...

... jeden Tag bis spät in die Nacht gearbeitet.

Deshalb ...

... habe ich oft diesen Fleischeintopf gekocht und darauf gewartet, dass meine Mutter nach Hause kommt.

*traditionelll japanisches Gasthaus

Aber ...

... sie hat ihn kein einziges Mal gegessen.

Stattdessen sagte sie immer nur: »Wenn du so viel Langeweile hast ...

... dass du den zubereiten kannst, dann hilf mir lieber im Ryokan aus.«

...

123

Sehe ich
jetzt ...

Kein **Kuss,**
bevor du **20** bist

Kapitel 4
Was sind das für »Optionen«?!

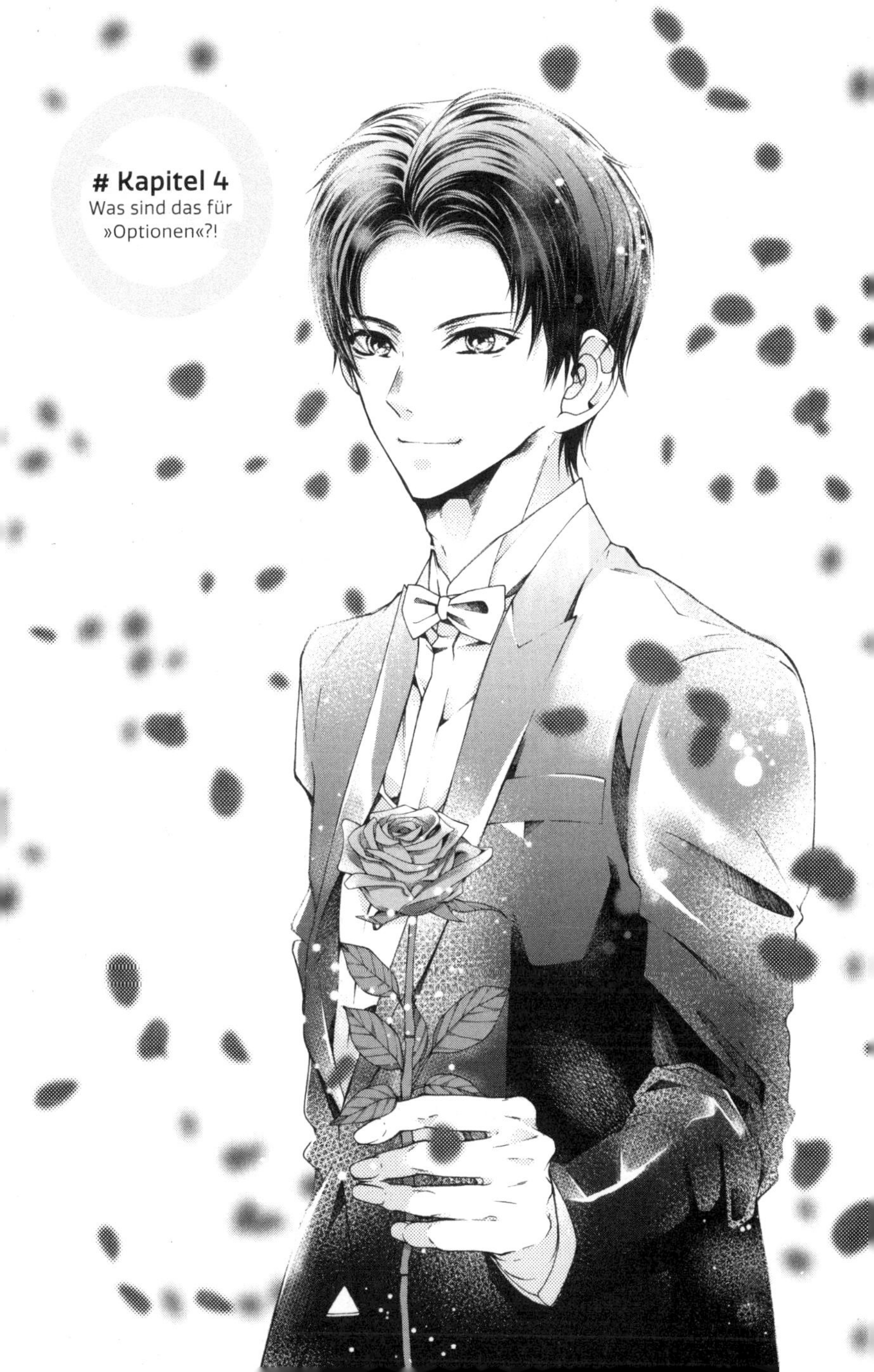

TSCHIRP

TSCHIRP

Fertig...

Na ...

... was denkst du?

Was für ein erbärmlicher Typ.

Davon abgesehen ...

Unter den Leuten, die ihre Modellkarriere als Sprungbrett genutzt haben, um Schauspielerin zu werden ...

... warst du wohl ganz gut.

Das ist doch genau der Typ Mann, der ungefragt Blödsinn wie »Man sieht mir mein Alter gar nicht an« von sich gibt.

Ein Mann mittleren Alters, der so was zu einer jungen Frau sagt?

Das mein ich doch gar nicht!

Wie war mein Auftritt?!

Soll das jetzt ein Kompliment sein?

Was der da am Arbeitsplatz treibt ... In einer normalen Firma würde der sofort rausfliegen.

Frauen lassen sich n solchem Blödsinn cht beeindrucken.

132

KISS

Mit dem
berühmten
Model Maika
in ihrer ersten
Filmrolle.
☆

Die
atemberaubende
Love Story einer toll-
patschigen 20-jährigen
Büroangestellten und
ihrem Abteilungsleiter,
der ihr emsig unter die
Arme greift.
♡

»Kein Kuss
vor Büroschluss«
erscheint jetzt
endlich auch auf
Blu-ray!!

Aber ...

... warum hat er dann versucht, mich zu küssen ...?!

Ähmm ...

»Sugardating« und »Kuss« und ...

Suchen!

Sugardating

Alle   Bilder   Shopping

Grundinformationen fürs Sugardating

Was Anfänger wissen sollten:
Beim Sugardating sind bei Dates mit dem Sugar[...]
sogenannte »Optionen« als separat bezahlbare[...]
Marktpreis für Optionen:

1. Kuss (ab 5.000 Yen)*
2. Umarmung (10 Sekunden ab 3.000 Yen)
3. Händchenhalten (1 Stunde ab 2.000 Yen)

Verwende die Optionen, um noch mehr Geld [...]
[...]dienen. ♡ [...]en du noch mehr verdiene[...]

Optionen?

*1.000 Yen sind ca. 7 €

KLACK

!!

Willkommen
zu Hause.

Shimazaki-
san, du warst
erschöpft und
hast nach Erho-
lung gesucht
...

... und obwohl
du deswegen ver-
sucht hast, mich zu
küssen ...

Es ist
schon 23
Uhr, geh bes-
ser schnell
...

Ich
möchte
mich ...

Was ...

... machst du
denn noch um
diese Uhrzeit
hier?!

... habe
ich das über-
haupt nicht
bemerkt.

... für
den Vorfall
entschuldi-
gen!!

140

Meinen ersten Kuss ...

... möchte ich mit dem Menschen haben ...

... den ich liebe.

Ich hatte doch gar nicht vor, dich zu küs...

Jetzt warte ...

... doch mal.

Im Austausch dafür ...

FLAPP

TADAAA!

...habe ich mir als Alternativen für einen Kuss andere Optionen ausgedacht!!

Sugardating ♟ Optionen

① Kopf auf den Schoss legen, 10 Minuten 3.000 Yen

② Schultern trommeln, 5 Minuten 1.500 Yen

③ Irgendwie loben, 3 Minuten 2.000 Yen

④ Eine Runde Sumo, 1.000 Yen

Es ist eine Entschuldigung dafür ...

... dass ich dir keinen Kuss geben konnte.

Eh he he!

Und nur jetzt!!

Als Ausnahme ist die erste Runde »Kopf auf den Schoss legen« umsonst!!

Was zum Henker ist das ...?

Und dann nimm nicht auch noch so viel Geld dafür ...

Mist.

...

Geh endlich heim!!

WAMM

SCHUBS

Häh?

... gar nicht ...

... küssen ...?

Er wollte mich ...

Warum ...?

Habe ich das ...

... einfach nur falsch verstanden?

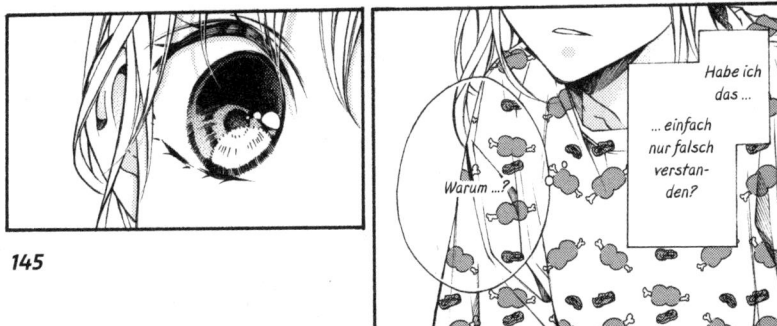

145

Warum

...

... bin ich jetzt
ein bisschen
enttäuscht?

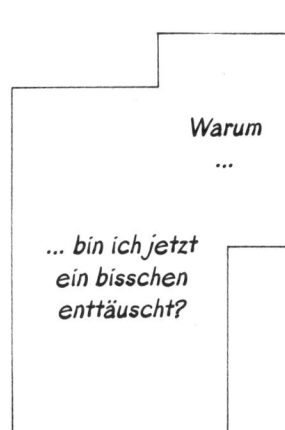

Wir haben
die Aus-
schreibung
gewonnen!!

Ich
verschwende
schon wieder
meine Zeit
damit ...

Hach.

... über
sie nachzu-
denken!!

Shimazaki!!

Warum ...

... bin
ich ent-
täuscht?

Anhand der Reaktion des Kunden nach der Präsentation ...

Ah ... Aha.

Ach so.

... hatte ich nichts anderes erwartet.

Wie erwartet.

?!

Uhm ...

Wir sollten uns alle darüber freuen.

Das ist ein Riesending ...

Wir ...

Häh ...?

Bitte gedulden Sie sich noch ein bisschen.

Shimazaki-san, Sie haben uns gesagt ...

... würden gerne aus dem Team austreten.

... dass Sie »alleine besser vorankommen«, richtig?

Bis wir fertig sind und das Timing gut passt.

Wir wollen Ihnen nicht länger ein Klotz am Bein sein.

GÄHNENDE LEERE

KLACK

...

PRUST

Shimazaki-san.

PSHH

PSHH

GLUCK

GLUCK

153

BLINZEL

KLATTER

Ich wollte mich nur kurz ausruhen und bin dann eingeschlafen!

Ich verschwinde sofort!!

Uff, das hat mich überrascht!!

Willkommen zu Hause ...

ZITTER

...

ZITTER

Meine Knie ...

... werden
weich ...

Ich weiß nicht
einmal mehr,
wo mein Herz
ist ...

... Shimazaki-
san ...

... aber es
pocht wie
verrückt ...

Irgendwie ...

... kommt
mir ...

... überhaupt nicht mehr wie ein Vater vor ...

Was ist das nur ...?

Ich muss über die Ursache meines Verhaltens nachdenken

Eine 18-jährige plötzlich zu umarmen ...

SINK

... um zu verhindern, dass so etwas noch mal passiert. Was war die Ursache ...?

Wenn man da in Ruhe drüber nachdenkt ...

... könnte man dafür zur Rechenschaft gezogen werden.*

SEUFZ

*In Japan gilt man erst ab 20 als erwachsen.

PING

Ich bin einfach nur frustriert.

Rätsel gelöst.

!
...

ZUCK

... Maika-chan!

Unser heutiger Gast ist die Schauspielerin ...

Als Gast im Fernsehen zur Primetime ...

Sie hat es tatsächlich geschafft ...

Hallo, alle zusammen!

Ah ha ha!

Eine Beziehung habe ich leider schon seit etwa einem Jahr nicht mehr.

...

Mein letzter Freund ...

...

Hat sich vielleicht in deinem Privatleben etwas verändert?

Maika-chan, du siehst von Mal zu Mal schöner aus.

... den ich über meine Arbeit kennengelernt habe.

... war ein Büroange-stellter ...

Ja.

Kannst du das denn hier einfach so live sagen?

Eh?!

Eh!

Eh!

Ich ...

... liebe ihn nämlich immer noch.

Kein Kuss bevor du 20 bist ① – Ende

Mit einer Frau ...

Shimazakis mutige Worte ...?!

... die ich nicht mag, würde ich nicht so weit gehen.

Wir haben uns lange nicht gesehen!

Eine Rivalin taucht auf?!

Eine Schauspielerin und Ex-Freundin betritt die Bühne und eröffnet ein Liebesdreieck!!

Kein Kuss, bevor du 20 bist

2

Nonokos Profil

Nonoko wurde am 14. Mai im Chinesischen
Sternzeichen des Ochsen geboren und hat die
Blutgruppe A. Sie stammt aus der Präfektur Nagano.
Ihr Debüt hatte sie mit dem Titel *Watashi to inu no nanokakan*
(übersetzt: »Sieben Tage mit einem Hund«), welcher 2016
in einem Sonderband der *Betsucomi* veröffentlicht wurde.
Im Moment zeichnet sie für die Magazine *Betsucomi*,
Deluxe Betsucomi und *Betsucomi Flower*.

Kommentar

Ich zeichne diese Geschichte digital! Aber ...
Ich konnte die Dicke der Linien nicht richtig einstellen
und deshalb sind sie in Kapitel 2 so extrem breit ... Tut mir leid.
Daher wirkt Shimazakis Gesicht in dem Kapitel auch etwas
markanter. Aber keine Sorge, ab Kapitel 3 hat er dann
wieder sein gewohnt feines Gesicht ... lol

TOKYOPOP GmbH
Hamburg

TOKYOPOP
1. Auflage, 2023
Deutsche Ausgabe/German Edition
© TOKYOPOP GmbH, Hamburg 2023
Aus dem Japanischen von Michael Jürges

KISS WA HATACHI NI NATTEKARA 1 by Nonoko
©2020 Nonoko
All rights reserved.
Original Japanese edition published by SHOGAKUKAN.
German translation rights arranged with SHOGAKUKAN
through The Kashima Agency.

Original Cover Design: Aya SEKINE (sekineayadesign)

Redaktion: Simone Meinecke
Lettering: Vibrant Publishing Studio
Herstellung: Alina Kronenberg
Druck und buchbinderische Verarbeitung:
CPI–Clausen & Bosse GmbH, Leck
Printed in Germany

Wir achten auf die Umwelt.
Dieses Produkt besteht aus FSC®-zertifizierten
und anderen kontrollierten Materialien.

ISBN 978-3-8420-8432-2

少女漫画が大好き

News Vorschau ShoCo Cards My Shojo Moments Community ˅ About Shop ☆ VIP-Bereich ☆

ShoCo Cards

Seite durchsuchen... LOS

ShoCo Card steht für **SHOJO C**ollectors **C**ard.

Seit April 2014 erscheint jeden Monat ein neuer SHOJO Top-Titel, dem in der Erstauflage eine ShoCo Card zum Sammeln beiliegt. Außerdem erscheinen zwischendurch auch ganz spezielle ShoCo Cards – wie zum Beispiel die Halloween ShoCo Card im Halloween Pack von *Scary Lessons*!

Die Vorderseite ziert eine hübsche Illustration zum jeweiligen Manga und auf der Rückseite findest du einen Steckbrief und Infos zu der entsprechenden Mangaka.

Auf dieser Seite erfährst du, in welchem Manga die begehrten **ShoCo Cards** beiliegen und in welchem Monat sie erscheinen. Aber beeil dich, wenn du alle Karten sammeln möchtest: Nur in der Erstauflage sind die Karten enthalten!

✉ Kontakt

Du erreichst uns jederzeit unter:
iloveshojo@tokyopop.de.

◉ Instagram

Alle   ShoCo Cards

Januar 2021: Check Me Up!, Band 01

Dezember 2020: Die Geschichte vom Untergang unserer Liebe, Band 01

November 2020: Lovesick Ellie, Band 03

Mehr laden...

Oktober 2020: Verliebt in die Nacht, Band 01

November 2020: Ein Kuss reinen Herzens, Band 01

Oktober 2020: Do something bad with ...

Neue Fragen aus der Community

Interviews, Fanart, ShoCo Card Übersicht und noch vieles mehr erwarten euch!

Folge uns auch auf
f www.facebook.com/iloveshojo
◉ tokyopop_iloveshojo
🌐 iloveshojo@tokyopop.de

Leseproben, Poster, interessante Artikel und alle Infos zum aktuellen Programm – mit unserem Magazin bist du immer bestens informiert!

Im Handel und auf tokyopop.de

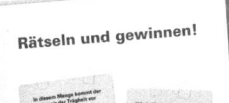
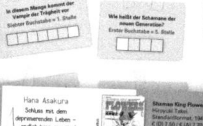

AGENT OF MY HEART

Maki Enjoji

Talentfrei in Sachen Liebe?!

Chitose Saejima sorgt als Managerin einer Agentur hinter den
Kulissen für das Wohlergehen von Prominenten. Ihre strenge
Art, die gleichermaßen gefürchtet wie bewundert wird, hat sich
Chitose hart erarbeitet. Dabei steckt mehr als Ehrgeiz hinter ihrer
Mühe: Denn als Schülerin wurde sie gemobbt und hat sich daher
geschworen, eine toughe Frau zu werden. Als sie jedoch den auf-
strebenden Star Sena Fujishiro betreuen soll, beginnt Chitoses
starke Fassade zu bröckeln ...

www.tokyopop.de

CHECK ME UP!
Maki Enjoji

Diagnose? Liebe!

Als Nanase gemeinsam mit dem jungen Arzt Dr. Tendo das Leben einer alten Dame rettet, ist es um sie geschehen: Diesen attraktiven Helden muss sie wiedersehen! Sie schlägt die Laufbahn der Krankenschwester ein und landet sogar in derselben Klinik wie Dr. Tendo! Doch die Begegnung verläuft anders als gedacht. Statt auf einen charmanten Arzt trifft sie auf einen dämonischen Mediziner, dem die Kollegen wegen seiner ruppigen Art aus dem Weg gehen. Nanase lässt sich jedoch nicht einschüchtern und bietet ihm mit frechen Sprüchen die Stirn!

www.tokyopop.de

LIEBE IST (K)EIN WETTKAMPF

Aki Iwai

Ich gewinne dein Herz!

Abe ist Spitzensportler und sein Ego so ausgeprägt wie seine
Muskeln. In Akaris Augen ist er daher ein ungehobelter Gorilla,
dem sie lieber aus dem Weg geht. Doch als sie ihn nach einem
Sportunfall verarzten muss, wird das immer schwerer. Denn
Abe scheint sich in Akari verliebt zu haben und steckt seine
Energie jetzt in einen neuen Contest: Er will ihr Herz gewinnen!
Akari ist mit seiner schroffen Art total überfordert und bemüht
sich weiter um Distanz. Doch da unterschätzt sie Abe, der sich
gerade erst in der Aufwärmphase befindet!

www.tokyopop.de

MY BOYFRIEND IN ORANGE

Non Tamashima

»Wenn Liebe eine Farbe hätte, dann wäre es Orange.«

Moes Leben hat sich radikal verändert: Nach dem Tod des Vaters zieht ihre Familie zurück in den Heimatort der Mutter. Mit ihren Mitschülern an der neuen Highschool wird Moe allerdings überhaupt nicht warm, und so isoliert sie sich immer mehr. Bei einer Brandschutzübung lernt sie jedoch auf ungewöhnliche Weise den jungen Feuerwehrmann Kyosuke kennen. Seine zielstrebige und optimistische Art gibt Moe neuen Mut und entfacht in ihr ein Feuer, das sie bislang nicht gekannt hat …

www.tokyopop.de

ZUM GLÜCK BEI DIR
Rika Enoki

Priester, Nachbar, Herzensdieb!

Die 16-jährige Yae zieht für ein ganzes Jahr von Tokyo aufs
Land. Schon am ersten Tag in ihrer neuen Heimat begegnet sie
einem charmanten Mann namens Oda, der sich nicht nur als
Priester des örtlichen Schreins, sondern auch als ihr Nachbar
herausstellt! Um Yae den Einstieg in ihr neues Leben zu versü-
ßen, bietet er ihr seine Hilfe und sogar einen Job als Schrein-
mädchen an. Yae ist Oda sehr dankbar, doch schnell wird ihr
bewusst, dass er mehr von ihr will ...

www.tokyopop.de

VERLIEBT IN DIE NACHT

Mio Nanao

Verhängnisvolle Erbschaft

Obwohl Yoru erst 17 Jahre alt ist, trägt sie bereits viel Verantwortung: Nach dem Tod ihres Großvaters erbt sie das Familienanwesen, in dem sie nun mit Dienstmädchen Tomiko und Kater Tomo lebt. Eines Tages steht Akito vor ihrer Tür, den sie aus Kindertagen kennt und aus dem inzwischen ein attraktiver Anwalt geworden ist. Er schlägt ihr vor, sie zu ehelichen und in Rechtsfragen zu unterstützen, damit kein anderer Verwandter ihr das Anwesen streitig machen kann. Doch obwohl die Heirat mit Akito der letzte Wille des Großvaters ist, bezweifelt Yoru, dass sie ihm vertrauen kann ...

www.tokyopop.de

VERLOBT MIT ATSUMORI-KUN
Taamo

»Meine Zukunft beginnt jetzt!«

Nishiki steckt in einer Zwickmühle: Ihre Eltern haben einen Verlobten für sie ausgeguckt und stellen bereits die Weichen für ihr Eheleben, dabei würde sie ihre Zukunft viel lieber selbst gestalten. Als sie eines Tages Atsumori aus Tokyo kennenlernt, fasst sie einen Entschluss: Sie will nach der Mittelschule ein Studium in der Großstadt beginnen! Und da sie ihre Eltern schließlich davon überzeugen kann, sie gehen zu lassen, liegt ein neuer Lebensabschnitt voller unerwarteter Herausforderungen vor ihr ...

www.tokyopop.de

EIGENTLICH LIEB ICH DICH

sora

Gegensätze ziehen sich an!

Musterschülerin Chihiro kann einfach nicht Nein sagen und wird daher oft von ihren Mitmenschen ausgenutzt. Schulschwänzer und Eigenbrötler Kisaragi dagegen hält sich am liebsten aus allem raus. Plötzlich wird ausgerechnet er in Chihiros lästige Aufgaben verwickelt. Beim Sportfest, das sie mehr oder weniger zusammen organisieren, zeigt er dann jedoch ungeahnten Ehrgeiz. Ob hinter seiner Abwehrhaltung mehr steckt, als es den Anschein hat ...?

www.tokyopop.de

VERLIEBT IN PRINZ UND TEUFEL?

Makino

Traumprinz vs. heißer Bösewicht

Für die Highschool hat Yu es zu ihrem Ziel erklärt, mit dem Schwarm der Schule (bekannt als der »weiße Prinz«) zusammenzukommen. Doch dabei gerät sie immer wieder mit seinem düsteren, unfreundlichen Kumpel, schulbekannt als der »schwarze Teufel«, aneinander. Zwischen ihm und Yu entsteht eine Hassliebe, bei der keiner bereit ist, klein beizugeben. Und plötzlich ist Yu sich gar nicht mehr so sicher, in wen sie eigentlich verliebt ist ...

www.tokyopop.de

PROMISE CINDERELLA

Oreco Tachibana

Mein Leben, meine Spielregeln!

Hayame hat schon seit ihrer Kindheit einen starken Sinn für Gerechtigkeit, welcher sie immer wieder in Schwierigkeiten bringt. Als sie von der Affäre ihres Mannes erfährt, stellt sie ihn zur Rede – und wird prompt von ihm auf die Straße gesetzt. Arbeits- und obdachlos versucht sie, ihr Leben zurückzuerkämpfen. Dann lernt sie den verwöhnten Highschool-Schüler Issei kennen, der ihr Geld und eine Unterkunft anbietet. Das Ganze hat jedoch einen Haken: Sie muss dafür nach seiner Pfeife tanzen! Hayame willigt ein, spielt jedoch nach ihren eigenen Regeln ...

www.tokyopop.de

BLUE SPRING RIDE 2IN1
Io Sakisaka

Die beliebte Romance-Reihe als Neuauflage!

Für Futaba beginnt ein neuer Lebensabschnitt: die Highschool-Zeit! Und da dies eine gute Gelegenheit ist, um Vergangenes hinter sich zu lassen, möchte sie ihre niedliche Art ablegen, die sie schon so oft in Schwierigkeiten gebracht hat. Bereits am ersten Schultag erblickt Futaba in ihrem früheren Schwarm Kou ein bekanntes Gesicht. Doch er sieht nachdenklich aus und wirkt unnahbar. Was wohl in ihm vorgeht ...?

www.tokyopop.de

RAN THE PEERLESS BEAUTY

Ammitsu

Die Sprache der Blumen ist die Sprache der Herzen

Ran ist so anmutig wie eine seltene Blume – doch leider traut sich daher kaum jemand, mit der hübschen Highschool-Schülerin zu reden. Und so spürt Ran täglich die Blicke ihrer Mitschüler aus der Ferne, während sie sich allein, aber hingebungsvoll um den Schulgarten kümmert. Bis zu jenem Sommertag, an dem sie Akira kennenlernt, dessen Eltern einen Blumenladen besitzen. Mit seiner herzlichen Art und Leidenschaft für Blumen fasziniert er Ran zunehmend und bringt so neue Gefühle tief in ihrem Herzen zum Erblühen ...

www.tokyopop.de

HATSU * HARU
WIRBELWIND DER GEFÜHLE
Shizuki Fujisawa

**Manchmal trifft dich die Liebe wie ein Sturm:
laut, wild und unangekündigt!**

Wenn es um Mädels geht, lässt Kai – Playboy der Schule und
stolz darauf – nichts anbrennen. Allein an der burschikosen
Riko hat er kein Interesse, mit ihr tauscht er lediglich eisige
Blicke und Worte aus. Als Kai jedoch zufällig herausfindet,
dass Riko heimlich in ihren Lehrer verliebt ist, löst diese zar-
te, verletzliche Seite von ihr einen solchen Sturm in seinem
Herzen aus, dass er seine Gefühle neu sortieren muss ...

www.tokyopop.de

LOVESICK ELLIE

Fujimomo

#einhochaufunsversaute

Eriko ist mit 16 Jahren noch nie richtig verliebt gewesen und fühlt sich unsichtbar. Umso mehr verliert sie sich in der Online-Welt und wird süchtig nach ihrem anonymen Twitter-Account @ellie__lovesick, wo sie als »Ellie« ihre Liebesfantasien mit ihrem Schwarm Ohmi tweetet. In der Realität ist dieser der beliebteste Schüler der Highschool und absolut nicht so, wie Eriko ihn sich vorstellt: unverschämt, ruppig und total unromantisch! Als ausgerechnet er Erikos Account entdeckt, bietet er ihr an, all ihre Fantasien mit ihm auszuleben ...

www.tokyopop.de

STOPP!

**Dies ist die letzte Seite des Buches!
Du willst dir doch nicht den Spaß verderben
und das Ende zuerst lesen, oder?**

Um die Geschichte unverfälscht und original-
getreu mitverfolgen zu können, musst du es
wie die Japaner machen und von rechts nach
links lesen. Deshalb schnell das Buch um-
drehen und loslegen!

So geht's:

Wenn dies das erste Mal sein
sollte, dass du einen Manga
in den Händen hältst, kann dir
die Grafik helfen, dich zurecht-
zufinden: Fang einfach oben
rechts an zu lesen und arbeite
dich nach unten links vor.
Viel Spaß dabei wünscht dir
TOKYOPOP®!